PUMP PRYSUR

DA IAWN, PUMP PRYSUR

PUMP PRYSUR

Twm   Ani   Dic   Siôn   Jo

Y fersiwn Saesneg

Hawlfraint y testun © Enid Blyton, 1956

Hawlfraint yr arlunwaith © Jamie Littler, 2014

Mae llofnod Enid Blyton yn nod masnach sydd wedi'i gofrestru gan Hodder & Stoughton Cyf

Cyhoeddwyd y testun gyntaf ym Mhrydain Fawr yn nhrydydd rhifyn Cylchgrawn Blynyddol Enid Blyton yn 1956. Mae hefyd ar gael yn 'The Famous Five Short Stories' sydd wedi'u cyhoeddi gan Lyfrau Plant Hodder. Wedi'i gyhoeddi gyntaf yn yr argraffiad hwn ym Mhrydain Fawr gan Lyfrau Plant Hodder yn 2014.

Mae hawliau Enid Blyton a Jamie Littler wedi'u cydnabod fel Awdur a Dylunydd y gwaith hwn. Mae eu hawliau wedi'u datgan dan Ddeddf Hawlfreintiau, Dyluniadau a Phatentau 1988.

Y fersiwn Cymraeg

Y cyhoeddiad Cymraeg © Atebol Cyfyngedig, Adeiladau'r Fagwyr, Llanfihangel Genau'r Glyn, Aberystwyth, Ceredigion SY24 5AQ

Cyhoeddwyd gan Atebol Cyfyngedig yn 2015

Addaswyd i'r Gymraeg gan Manon Steffan Ros

Dyluniwyd gan Owain Hammonds

Golygwyd gan Adran Olygyddol Cyngor Llyfrau Cymru

www.atebol.com

Enid Blyton

PUMP PRYSUR

DA IAWN, PUMP PRYSUR

Addasiad Cymraeg gan **Manon Steffan Ros**

Arlunwaith gan **Jamie Littler**

@ebol

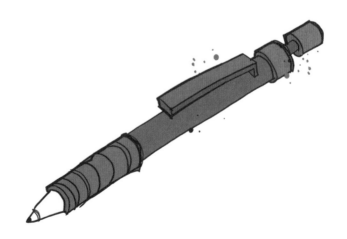

CYNNWYS

'Mae'n **grêt** fod y pump ohonom ni
efo'n gilydd eto,' meddai Siôn.

Nodiodd Jo. 'Ac mae Twm wrth ei fodd, hefyd, dwyt, Twmi?'

Cyfarthodd Twm y ci, a gorffwysodd ei ben ar lin Jo wrth iddi ei fwytho.

Roedd y **ffrindiau** ar ben **Bryn Curig**
yn edrych ar yr olygfa fendigedig o'u cwmpas.
Ymestynnodd Ani am y picnic, a phasiodd
Dic y bwyd i'w ffrindiau.

Cododd Twm ei ben
ar unwaith, a sniffio. *Oedd 'na*
fwyd iddo fo?

'Wrth gwrs, Twm,' chwarddodd Ani.
'Asgwrn a dwy fisged!'

'A hen ddigon o'n bwyd ni hefyd, mae'n siŵr,' dywedodd Dic. **'Na, Twm** – fy mwyd i ydi hwn, a dydw i **ddim** am ffeirio fy misgedi am dy rai di!'

'Am **olygfa hyfryd,**' synfyfyriodd Siôn wrth gnoi ei frechdan. 'Rydan ni'n medru gweld am **filltiroedd ar filltiroedd.**'

'Wel, does dim llawer yn digwydd,'
sylwodd Ani, 'heblaw am y defaid yna'n crwydro
o amgylch y cae, a'r gwartheg fan'cw yn gwneud
be maen nhw'n ei wneud o hyd – bwyta,
bwyta a bwyta drwy'r dydd! Bwyta dim byd
ond glaswellt – dyna ddiflas!'

'Fedra i ddim gweld unrhyw
berson heblaw amdanom ni,'
meddai Dic yn ddioglyd.

'Mae'n siŵr fod pawb yn cael eu cinio. Pam na fedr **rhywbeth ddigwydd** wrth i ni fwyta? Rydan ni wedi cael gymaint o anturiaethau, mae'n teimlo'n od pan does dim yn **digwydd** i ni!'

PENNOD DAU

'Bobol bach, **paid â gobeithio am antur heddiw!'** meddai Ani. 'Mae'n braf cael mymryn o heddwch i fwynhau'r **brechdanau blasus** yma! Beth roddodd Anti Jini ynddyn nhw?'

'Mymryn o bopeth, dwi'n meddwl,'
chwarddodd Jo.

'**Dos o 'ma, Twm** – paid ag anadlu **drosta** i, wir!'

'Be sy'n symud draw fan'cw, ar y bryn?' holodd Dic mewn chwinciad. 'Gwartheg?'

Syllodd pawb. 'Mae'n rhy bell i'w gweld yn iawn,' atebodd Jo, 'ond nid gwartheg ydyn nhw – crwydro'n araf mae'r rheiny.'

'Mae'n rhaid mai **ceffylau** ydyn nhw, 'ta,' meddai Siôn.

'Ond dim ond ceffylau fferm sydd yn yr ardal yma,' atebodd Jo. 'Maen nhw'n gweithio'n galed ar y tir, ddim yn crwydro fel y rheiny draw fan'cw.'

'Ceffylau'r ysgol farchogaeth ydyn nhw!' eglurodd Dic. 'Tasa'r **sbienddrych** gen i, bydden i'n siŵr o allu gweld criw o blant bach da yn cael gwers farchogaeth.'

'Mi ddois i â'r sbienddrych,' meddai Jo, gan chwilio

amdano. 'A-ha, **dyma fo!** Wyt ti eisiau ei
fenthyg, Dic?'

Cododd Dic y sbienddrych at ei lygaid.

'Dyna ni, rhes o **geffylau** sy 'na – tua chwech ohonyn nhw. Ew, maen nhw'n rai da, hefyd! Ond bechgyn mawr sy'n eu reidio nhw, nid plant.'

'O, wrth gwrs! Ro'n i wedi anghofio,' meddai Jo. **'Ceffylau rasio'r** Arglwydd **Daniron** ydyn nhw – maen nhw'n cael ymarfer corff bob dydd.

Fedri di weld coblyn o **geffyl mawr**
yn eu plith nhw, Dic?

Creadur bendigedig – **Taran** ydi ei enw fo,

ac yn ôl y sôn,
fo ydi'r ceffyl **mwya gwerthfawr**
yn y **wlad!'**

PENNOD TRI

Roedd Dic wrth ei fodd yn craffu drwy'r
sbienddrych ar y ceffylau.

'Maen nhw'n anifeiliaid hyfryd, ac ydw, dwi'n meddwl 'mod i'n medru gweld yr un rwyt ti'n sôn amdano fo, Jo. Ceffyl hardd efo clamp o ben mawr gwyn – fo sydd ar flaen y rhes.'

'Gad i mi weld,' meddai Jo. Daliodd Dic yn dynn yn y sbienddrych.

'Na, aros funud. Hei! **Mae rhywbeth** yn **digwydd!**'

'Be?!' gofynnodd Jo yn llawn cyffro.

'Mae 'na **rywbeth** – llwynog neu gi, efallai – **wedi rhuthro** o flaen **Taran. Ew, mae o wedi cynhyrfu'n lân.**

Arhoswch funud ...'

Yna bloeddiodd Dic,

'I FFWRDD Â FO!

Mae o **wedi taflu'r** marchog oddi ar ei gefn ... mae hwnnw ar lawr, wedi brifo ... **ac mae Taran yn rhedeg i ffwrdd!** O na, mae o'n siŵr o gael niwed!'

Bu'r criw yn gwbl dawel. Roedd Twm, hyd yn oed, yn syllu'n dawel i'r un cyfeiriad â phawb arall. Ceisiodd Jo gipio'r sbienddrych o afael Dic, ond methodd. Gwrthodai Dic dynnu'r sbienddrych oddi wrth ei lygaid.

'Paid â cholli golwg ar y ceffyl, Dic,' mynnodd Siôn. 'Dyna geffyl gorau'r wlad! **Gwylia i weld i le mae o'n mynd** – efallai mai dim ond ni sy'n medru ei weld o ...'

'Dwi'n gwybod hynny,' meddai Dic yn ddiamynedd. 'Paid â thynnu 'mraich i fel 'na, Ani.

Dacw fo, mae o wedi dychryn!

Mae o'n carlamu
fel y gwynt.

Gobeithio na fydd o'n
taro'r goeden –

roedd o'n *agos iawn* at y dderwen yna.

O na – **giât!**

Ac mae hi'n un **uchel iawn!'**

PENNOD PEDWAR

Bellach, roedd gweddill y criw wedi colli golwg ar y ceffyl, ac yn gwrando'n astud ar **bob gair** roedd **Dic** yn ei ddweud.

Dechreuodd Twm gyfarth wrth iddo synhwyro'r cyffro. 'Shh!' meddai Jo, yn ofni colli 'run gair gan Dic.

'Mae o dros y giât – am naid, myn brain i! Mae o'n **rasio** i lawr y lôn rŵan – fedra i mo'i weld o – **dyna fo eto** – mae o wedi llamu dros **nant fach** heb drafferth yn y byd, **ac i ffwrdd â fo,**

i fyny **Allt-y-gro!** Mae o'n arafu ... mae'n rhaid ei fod o wedi blino'n lân. **Mae o mewn cae ŷd** rŵan – mi fydd y ffermwr yn gandryll,' meddai Dic.

'Ac ... ew! Mae'n rhaid bod **Taran** yn **gorwedd** yn yr ŷd – fedra i mo'i **weld** o!'

Cipiodd Jo'r **sbienddrych**
gan Dic. Na, doedd hi ddim yn medru gweld
y ceffyl, chwaith. Trodd i edrych ar weddill y
ceffylau **ar y bryn.**

Am anhrefn! Roedd y bechgyn yn sgwrsio pymtheg y dwsin gan bwyntio yma ac acw, heb 'run syniad **i ble yr aeth Taran.**

PENNOD PUMP

'Mae arna i ofn mai dyma **ddiwedd** ein **picnic**,' meddai Siôn. 'Bydd Taran yn saff yn y cae ŷd, ond os bydd o'n mynd ar grwydr eto, **dyn a ŵyr be ddaw ohono fo!**

Mae'n **rhaid** i ni fynd i'w **helpu**
– a Dic, gwell i ti **frysio** i'r **cae ŷd**
ar gefn dy **feic.** Efallai y bydd y ceffyl
yn dal yno.'

Rhuthrodd Dic at ei feic, ac i ffwrdd â fo.

Neidiodd y lleill ar eu beics, hefyd, a chyn
bo hir roedden nhw ar eu ffordd i **orsaf heddlu**
pentref **Curig** er mwyn dweud yr **hanes am y
ceffyl.**

Ceisiodd Dic gynllunio'i daith. Pa ffordd fyddai'r un fyrraf i Allt-y-gro? Ar ôl penderfynu, gwibiodd yn **gyflym ar ei feic.** Ew, roedd hyn yn cymryd hydoedd! O'r diwedd, cyrhaeddodd waelod yr allt. Ond roedd y ffordd i'r cae ŷd mor serth, a Dic mor fyr ei wynt, bu'n rhaid iddo ddod oddi ar ei feic a **cherdded.**

O'r diwedd, cyrhaeddodd y giât i'r cae, a sbecian yn betrus. **Doedd dim golwg o'r ceffyl** – wedi'r cyfan, roedd Taran **yn gorwedd** yng nghanol yr ŷd!

56

'Bydd raid i mi gymryd gofal,' meddyliodd Dic. 'Mae'r ceffyl wedi sathru'r ŷd yn fflat.' Mentrodd i'r cae, ond clywodd lais blin yn gweiddi arno o gyfeiriad y giât.

'Tyrd allan o'r cae 'na!
Tyrd allan ar unwaith!'

Y ffermwr oedd yno, a golwg hollol gandryll
arno. Doedd Dic ddim am weiddi'n ôl rhag

ofn iddo godi ofn ar Taran, felly **pwyntiodd** at ganol y cae.

'**Aros di!**' bytheiriodd y ffermwr. '**Mi alwa i'r heddlu!**'

PENNOD CHWECH

Yn sydyn, **cafodd Dic gip ar y ceffyl.**
Roedd yn gorwedd yn yr ŷd, ei glustiau
wedi codi **a'i lygaid yn rholio.**

Stopiodd Dic yn stond. 'Wel wir!' meddai. 'Rwyt ti'n **anifail bendigedig! Taran** – wyt ti'n adnabod dy enw?

Druan – **mi gest ti fraw, yn do? Tyrd rŵan!** Mae **popeth yn iawn** – tyrd efo fi!'

Er mawr syndod a boddhad i Dic, safodd y ceffyl mawreddog ar ei draed, a rhoddodd ei glust blwc wrth iddo lygadu Dic. Gweryrodd yn ysgafn, a chamu tuag ar y bachgen.

Ymestynnodd Dic yn araf am y ffrwyn, a mentro mwytho trwyn melfedaidd Taran.

Yna, arweiniodd y ceffyl yn araf o ganol yr ŷd.

Syllodd y ffermwr mewn rhyfeddod ar yr anifail mawreddog.

    'Ond ... Taran ydi hwnna, ceffyl yr Arglwydd Daniron!' meddai mewn syndod. 'Wedi dianc mae o?'

Nodiodd Dic. 'Cadwch lygad ar fy meic i, os gwelwch yn dda,' meddai. **'Rhaid i mi fynd â'r ceffyl o'r cae tra ei fod o'n dawel.**

Mae'n siŵr y bydd perchnogion Taran yn **anfon cerbyd** i'r cae cyn gynted ag y byddan nhw'n clywed ei fod o yma. Mi a' i ag o at y lôn ac aros amdanyn nhw yno.'

PENNOD SAITH

Mewn dim o dro daeth **cerbyd a threlar** yn araf ar hyd y lôn, a daeth y **dyn** oedd yn gofalu am **Taran** i'w fwytho a'i arwain i'r trelar.

Edrychodd
dros y ceffyl yn
fanwl.

'Dydi o ddim wedi cael unrhyw niwed o gwbl!' meddai, a'i lais yn llawn rhyddhad. 'Diolch byth fod gen ti sbienddrych ac wedi gweld i le'r aeth o. Mi wnest ti'n dda iawn!'

Ar ôl i'r ceffyl gael ei hebrwng i'r trelar yn ddiogel, **neidiodd** Dic ar gefn ei **feic.**

Cyn bo hir, gwelodd y lleill yn rhuthro tuag ato, bron â thorri eu boliau eisiau clywed yr hanes. Rhedai Twm yn eu hymyl.

'Roedd **Taran** yn **iawn.** Mi ges i afael arno fo, a **doedd 'na 'run marc arno fo!'** esboniodd Dic. 'Diolch byth fod y **sbienddrych** efo ni, Jo! Be wyt ti'n feddwl, Twm?'

'**Wff!'** meddai Twm, yn cytuno fel arfer. '**Wff!'**

'Mae o'n dweud mai dyma'r math o beth sydd wastad yn digwydd i'r **Pump Prysur!'** esboniodd Jo. **Ac roedd hi yn llygad ei lle!**

Gobeithio eich bod wedi
mwynhau'r stori fer yma.

Os ydych chi am ddarllen mwy am
helyntion y PUMP PRYSUR yna
ewch i atebol.com am fwy o
wybodaeth am y teitlau diweddaraf.